W9-BSH-048

A Day without Sugar / Un día sin azúcar

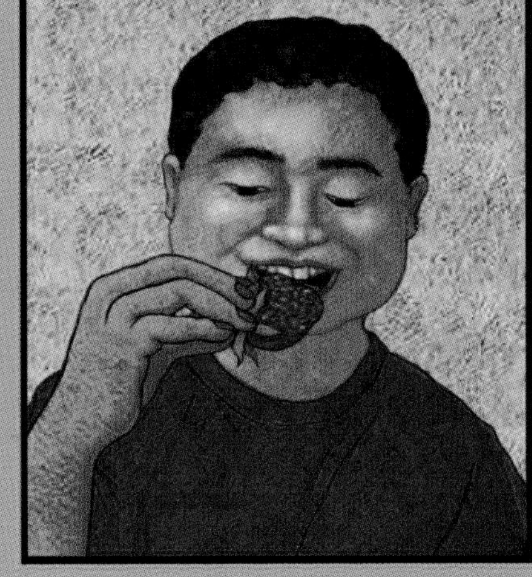

By / Por

Diane de Anda

Illustrations by / Ilustraciones de

Janet Montecalvo

Spanish translation by / Traducción al español de

Gabriela Baeza Ventura

Piñata Books
Arte Público Press
Houston, Texas

Publication of *A Day without Sugar* is funded by grants from the City of Houston through the Houston Arts Alliance, the Marguerite Casey Foundation, the W. K. Kellogg Foundation and the Simmons Foundation. We are grateful for their support.

Esta edición de *Un día sin azúcar* ha sido subvencionada por la Ciudad de Houston por medio del Houston Arts Alliance, Marguerite Casey Foundation, W. K. Kellogg Foundation y Simmons Foundation. Les agradecemos su apoyo.

Piñata Books are full of surprises!
¡Piñata Books están llenos de sorpresas!

Piñata Books
An Imprint of Arte Público Press
University of Houston
452 Cullen Performance Hall
Houston, Texas 77204-2004

Cover design by / Diseño de la portada por Bryan Dechter

de Anda, Diane.
A Day Without Sugar / by Diane de Anda; illustrations by Janet Montecalvo; Spanish translation, Gabriela Baeza Ventura = Un día sin azúcar / por Diane de Anda; ilustraciones de Janet Montecalvo; traducción al español de Gabriela Baeza Ventura.
p. cm.
Summary: Because ten-year-old Tito is at risk of developing diabetes like some of his relatives, Tía Sofía spends a day teaching him and his cousins about healthy, low-sugar or sugar-free treats.
ISBN 978-1-55885-702-5 (alk. paper)
[1. Food habits—Fiction. 2. Aunts—Fiction. 3. Cousins—Fiction. 4. Hispanic Americans—Fiction. 5. Spanish language materials—Bilingual.] I. Montecalvo, Janet, ill. II. Ventura, Gabriela Baeza. III. Title. IV. Title: Día sin azúcar.
PZ73.D3852 2012
[E]—dc23

2011037962
CIP

∞ The paper used in this publication meets the requirements of the American National Standard for Permanence of Paper for Printed Library Materials Z39.48-1984.

Printed in China in November 2011–January 2012 by Creative Printing USA Inc.
12 11 10 9 8 7 6 5 4 3 2 1

To my grandmother Nacha; my mother Carmen and my uncle Ruben for their brave struggle with diabetes. And to my sister Lori and her husband Don for inventing a natural, sugar-free apple pie as their gift to family members with diabetes.
—DdA

For Jamie, Mattie, Mitch, Nolan, Reilly, Julia and Katie.
I could not have done it without you.
—JM

Para mi abuela Nacha; mi mamá Carmen y mi tío Ruben por su valiente lucha contra la diabetes. Y para mi hermana Lori y su esposo Don por crear un pai de manzana natural y sin azúcar como regalos para los familiares que padecen de diabetes.
—DdA

Para Jamie, Mattie, Mitch, Nolan, Reilly, Julia y Katie.
No podría haberlo hecho sin ustedes.
—JM

Tito, Luis, Beto, Nina and Silvia loved Friday and Saturday at their Tía Sofía's house. She let them camp out on sleeping bags in the living room. They played board games and watched TV in their pajamas. And Tía Sofía was the best cook in the family. Her kitchen was always filled with delicious smells and special treats.

A Tito, Luis, Beto, Nina y Silvia les encantaba pasar el viernes y el sábado en casa de Tía Sofía. Ella los dejaba acampar en la sala en bolsas de dormir. Jugaban con juegos de mesa y veían la tele en sus pijamas. Además Tía Sofía era la mejor cocinera de la familia. Su cocina siempre estaba llena de ricos olores y platillos deliciosos.

123
MANCALA

After they had all brushed their teeth and put on their pajamas, Tía Sofía asked them all to sit with her on the couch. She put her arm around Tito.

"The doctors have told us that Tito must be careful with what he eats so he doesn't get diabetes like Abuela and Tío Pedro. One important thing to do is to eat less sugar. Eating less sugar is healthier for all of us. So, tomorrow we're going on a sugar hunt," announced Tía Sofía.

"Huh," said Luis, "you mean like an Easter egg hunt?"

"Not exactly," smiled Tía Sofía. "We're going to try and find all the sugar, especially the hidden sugar, in our food. Let's try to go a whole day without sugar."

Después de que se cepillaron los dientes y se pusieron las pijamas, Tía Sofía les pidió que se sentaran con ella en el sofá. Le pasó un brazo por los hombros a Tito.

—Los médicos nos dijeron que Tito tiene que cuidar lo que come para que no se enferme de diabetes como Abuela y Tío Pedro. Algo importante que debemos hacer es no comer tanta azúcar. El comer menos azúcar es bueno para todos. Así que mañana tendremos una cacería de azúcar —anunció Tía Sofía.

—¿Qué? —dijo Luis—. ¿Cómo la búsqueda de huevos en la Pascua?

—No exactamente —sonrió Tía Sofía—. Vamos a tratar de encontrar todo el azúcar, especialmente el que está escondido en nuestra comida. Tratemos de tener un día entero sin azúcar.

The cousins were very quiet and had serious looks on their faces. They were thinking of a day without candy bars, cookies and sweet bread covered with hard beads of sugar.

"Don't look so worried," said Tía Sofía. "I promise it will be fun and delicious too. And we'll start with a sugar-free treat tonight."

Tía Sofía went into the kitchen and came back with two big bowls of air-popped popcorn. Excited hands reached into the bowls from all directions before she even had a chance to put them on the table.

Los primos se quedaron muy callados y pusieron caras serias. Pensaban en un día sin chocolates, galletas y pan dulce cubierto de granitos de azúcar.

—No se preocupen —dijo Tía Sofía—. Les prometo que se van a divertir y será delicioso. Empezaremos esta noche con una merienda libre de azúcar.

Tía Sofía fue a la cocina y regresó con dos grandes tazones con palomitas de maíz. Manos alborotadas entraron y salieron de los tazones por todos lados antes de que Tía Sofía lograra ponerlos sobre la mesa.

When Tía Sofía left, Beto stared at Tito and frowned. “Because of you, we're not going to have cookies or anything else good to eat this weekend.”

“Leave him alone,” cried Luis. “Tía Sofía said it was going to be good for all of us.”

“Yeah,” said Tito, “none of us want to get a shot every day like Abuela and Tío.”

None of the children liked the idea of needles.

“Come on,” said Nina, “a sugar hunt could be fun. Besides, we're family, and that means we all help each other.”

They all put their hands together in a circle like they did with their team when they were going to play ball.

Cuando Tía Sofía salió de la sala, Beto miró a Tito fijamente y frunció el ceño. —Por tu culpa no vamos a comer galletas ni otras cosas ricas este fin de semana —le dijo.

—Déjalo en paz —lloró Luis—. Tía Sofía dijo que sería bueno para todos.

—Sí —dijo Tito— a nadie le gusta que todos los días lo inyecten con medicina como a Abuela y a Tío.

A ninguno de los niños les gustaban las jeringas.

—Vamos —dijo Nina— una cacería de azúcar puede ser divertida. Además, somos familia y eso quiere decir que tenemos que ayudarnos unos a otros.

Todos pusieron las manos juntas como lo hacían con sus equipos cuando jugaban pelota.

The next morning the cousins took their seats around the breakfast table. In front of each of them was a steaming bowl of hot oatmeal and a glass of milk.

"I cooked the oatmeal with raisins which are naturally sweet. Then I put an extra surprise in each bowl," Tía Sofía told them. "Just add milk and dig in."

"Yum," said Beto. "Peanut butter and raisin oatmeal."

"Yum," said Silvia. "Banana and raisin oatmeal."

"Yum," said Luis. "Peach and raisin oatmeal."

"Yum," said Nina. "Cinnamon, vanilla and raisin oatmeal."

"Yum," said Tito. "Strawberry and raisin oatmeal."

"The fruit has all the natural sugar you need," Tía Sofía told them as they scooped up the oatmeal until their bowls were empty.

A la mañana siguiente, los primos se sentaron a la mesa para desayunarse. Cada niño tenía un plato de avena caliente y un vaso grande con leche.

—Cociné la avena con pasas, que son naturalmente dulces. Después le puse una sorpresa extra a cada plato —dijo Tía Sofía—. Pónganle leche y a comer.

—Qué rico —dijo Beto—. Crema de maní y avena con pasas.

—Qué rico —dijo Silvia—. Plátano y avena con pasas.

—Qué rico —dijo Luis—. Durazno y avena con pasas.

—Qué rico —dijo Nina—. Canela y vainilla y avena con pasas.

—Qué rico —dijo Tito—. Fresas y avena con pasas.

—Las frutas tienen todo el azúcar que necesitan, es azúcar natural —les dijo Tía Sofía mientras los primos comían hasta dejar los platos limpios.

MILK
Lowfat

"Your next job," said Tía Sofía, "is to go out in the yard and use up the natural sugar you just ate. Here's a ball and some jump ropes. Go burn sugar!"

The children were energized by their breakfast. They kicked the soccer ball to each other. They leaped high in the air over and over again as the rope hit the ground and curled under them.

—Ahora tienen que salir al jardín y usar todo el azúcar que acaban de comer. Aquí tienen una pelota y cuerdas para saltar. ¡A quemar azúcar! —dijo Tía Sofía.

El desayuno les había dado mucha energía. Patearon la pelota unos a otros. Saltaron la cuerda cada vez que pegaba en el suelo y se enroscaba bajo sus pies.

At noon Tía Sofía set out plates with a whole wheat bun and a lean, round hamburger patty, still juicy and hot from the broiler.

"At least we don't have to worry about putting sugar on our burgers," laughed Beto.

"Oh, but you do it all the time," remarked Tía Sofía.

"Yuck, I sure don't," said Tito, making a face.

"Are you sure? Okay, let's see what you usually put on your burgers," said Tía Sofía.

Al mediodía, Tía Sofía puso platos con pan integral y una jugosa rueda de carne magra. Aún estaba caliente y jugosa recién sacada de la parrilla.

—Por lo menos no tenemos que preocuparnos por ponerle azúcar a las hamburguesas —se rio Beto.

—Ay, pero lo hacen todo el tiempo —dijo Tía Sofía.

—Fuchi, yo no —dijo Tito con una mueca.

—¿Estás seguro? Bien, veamos qué le ponen a sus hamburguesas —dijo Tía Sofía.

"I like lots of ketchup," answered Tito, grabbing for the bright red bottle.

Tía Sofía pointed to the label on the bottle.

"Ketchup has tomatoes, spices and . . . " Tía Sofía was quiet for a few seconds. "SUGAR," she said in a loud voice.

"Oh," said Tito as he let go of the ketchup bottle.

"But you can put big round slices of the sweet tomatoes I grew in my garden for a real tomato taste," said Tía Sofía as she passed the plate around the table.

—A mí me gusta ponerle mucha catsup —respondió Tito, y alcanzó la botella rojo brillante.

Tía Sofía le señaló la etiqueta de la botella.

—La catsup tiene tomates, especias y . . . —Tía Sofía se quedó callada unos segundos— . . . AZÚCAR —dijo en voz alta.

—Ay —dijo Tito y soltó la botella.

—Pero pueden poner estas rodajas grandes de tomate que cultivé en mi huerto para darle el verdadero sabor a tomate —dijo Tía Sofía y pasó el plato con tomates por la mesa.

"I like to put mayonnaise on both buns," said Nina.
"Mayonnaise has oil, vinegar, eggs and . . . " Tía Sofía stopped and looked at Nina.
"Sugar?" said Nina in a quiet voice.
"Right, you've found some hidden sugar," replied Tía Sofía.
"Wow, what can we put on our burgers? No one wants plain bread," said Silvia.
"You can paint them yellow," answered Tía Sofía.
"What?" asked all the cousins together.
"Mustard. Mustard has no sugar. Paint away!" laughed Tía Sofía.

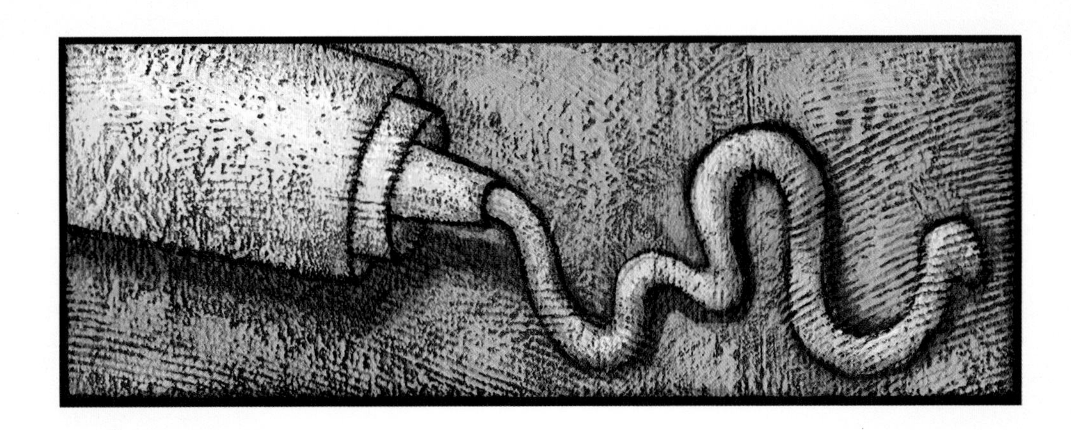

—A mí me gusta ponerle mayonesa a los dos panes —dijo Nina.
—La mayonesa tiene aceite, vinagre, huevos y . . . —Tía Sofía se detuvo y miró a Nina.
—¿Azúcar? —dijo Nina en voz bajita.
—Exacto, encontraste un azúcar escondido —respondió Tía Sofía.
—Caramba, ¿qué le podemos poner en su lugar? Nadie quiere pan sin nada —dijo Silvia.
—Los puedes pintar de amarillo —respondió Tía Sofía.
—¿Qué? —preguntaron todos los primos al mismo tiempo.
—Con mostaza. La mostaza no tiene azúcar. ¡A pintar! —rio Tía Sofía.

"How about some relish?" asked Luis.

"Relish is made from chopped-up pickles and spices and a kind of sugar called corn syrup," warned Tía Sofía.

"But I love pickles," cried Luis.

"Here are some dill pickle slices. Add all you want."

The cousins all reached for slices of pickle and put them across their tomato slices.

"Your uncle uses my salsa instead," Tía Sofía continued. "It's made from cut-up tomatoes, onions, jalapeños and cilantro fresh from my garden."

"I'm hungry. Can we eat now?" begged Beto.

"Yes," laughed Tía Sofía.

And they did.

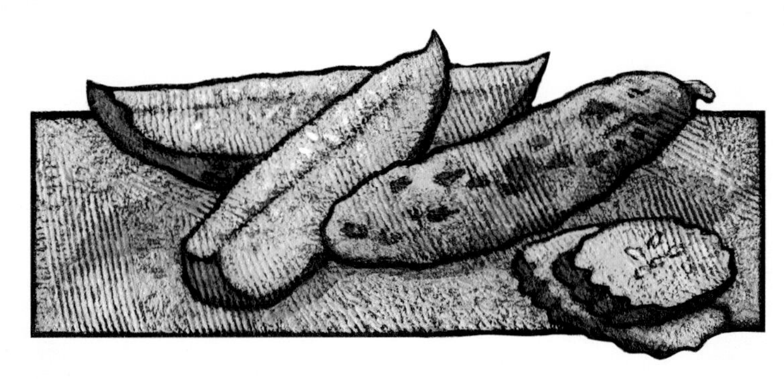

—¿Qué tal el condimento de pepinillos? —preguntó Luis.

—Ese condimento se prepara con pepinillos agridulces, especias y un tipo de azúcar conocido como miel de maíz —advirtió Tía Sofía.

—Pero a mí me encantan los pepinillos —lloró Luis.

—Aquí hay pepinillos. Ponles todos los que quieras.

Los primos alcanzaron las rebanadas de pepinillos y los pusieron encima de las rebanadas de tomate.

—Su tío prefiere ponerle de mi salsa —continuó Tía Sofía—. Está hecha con trozos de tomate, cebolla, jalapeño y cilantro fresco de mi huerto.

—Tengo hambre. ¿Ya podemos comer? —preguntó Beto.

—Sí —rio Tía Sofía.

Y así lo hicieron.

After lunch they all walked down the block to the park. Tía Sofía watched the cousins climb on the monkey bars. She watched them dig tunnels in the sand and come shooting down the tall slide.

It was a warm day. So, after an hour they began to get thirsty. They gathered around Tía Sofía.

"We're thirsty, Tía," said Luis.

Tía smiled and opened the big cooler she had brought along.

"Remember, it's a day without sugar. So, you have to choose drinks without it," she reminded them.

Después del almuerzo todos caminaron al parque. Tía Sofía miraba a todos sus sobrinos trepar en los pasamanos. Los veía cavar túneles en la arena y deslizarse por la alta resbaladilla.

Era un día cálido. Así es que después de una hora, empezaron a sentir sed. Rodearon a Tía Sofía.

—Tenemos sed, Tía —dijo Luis.

Tía sonrió y abrió la hielera grande que había traído.

—Recuerden, es un día sin azúcar. Tienen que elegir bebidas sin azúcar —les recordó.

"I guess soda has some sugar," said Tito.
"For sure, it's just bubbly sugar water," answered Tía Sofía.
"What about a milk shake?" asked Beto.
"Only the ones made with non-fat milk and fruit are good for you," said Tía Sofía.
"I'll take a fruit drink box. I know that's just fruit juice," said Nina.
"If the box says 'drink' or 'punch' on it, it isn't really fruit juice. It's SUGAR, water and maybe some juice or juice flavoring." She handed Nina a box. "Here's a real juice box. It says 100% juice. But you need a small box, because fruit juice has a lot of natural sugar. And you don't want too much of that either."
"And, of course, plain water is the best thing when you're thirsty," she said as she opened a water bottle.

—Supongo que los refrescos tienen azúcar —dijo Tito.
—Por supuesto, sólo son agua azucarada con burbujas —respondió Tía Sofía.
—¿Qué tal un licuado? —preguntó Beto.
—Sólo los que se preparan con leche desnatada y fruta son buenos para ustedes —dijo Tía Sofía.
—Yo quiero un jugo en caja. Yo sé que eso sí es jugo de frutas —dijo Nina.
—Si la caja dice "bebida" o "ponche", no es jugo de frutas. Es AZÚCAR, agua y probablemente algo de jugo o esencia de jugo. —Le entregó una caja a Nina—. Esta sí es una caja de jugo verdadero. Dice 100 por ciento jugo. Pero necesitas una caja pequeña porque el jugo tiene mucha azúcar natural. Y tampoco quieres mucho de eso.
—Y, por supuesto, cuando tienes sed, lo mejor es beber agua —dijo Tía Sofía mientras destapaba una botella de agua.

WATER
GRAPE
100%
APPLE
100%
WHITE GRAPE
100%
100%

When they got back to Tía Sofía's house, their parents were already waiting in the living room talking with their uncle.

"Before you leave," said Tía Sofía, "I have a surprise for all of you." She disappeared into the kitchen for a few minutes and came out with a plate of apple turnovers for each family to take home.

"But you said that this was a day without sugar. Aren't turnovers full of sugar?" asked Tito.

"Most are, but I baked these a special way," she replied. "Instead of sugar, I used pure apple juice. When the apples cook, they taste sweet, and the cinnamon makes them spicy. I also used whole wheat flour, because it's better for you."

"Yum," said Tito as he took a turnover from Tía Sofía, and the spicy apple smell drifted up to him.

Cuando regresaron a la casa de Tía Sofia sus papás los estaban esperando en la sala mientras platicaban con el tío.

—Antes de que se vayan —dijo Tía Sofía— les tengo una sorpresa. —Se fue a la cocina por unos minutos y regresó con un plato de empanadas para cada familia.

—Pero dijiste que era un día sin azúcar. ¿Que las empanadas no tienen azúcar? —preguntó Tito.

—La mayoría sí, pero preparé éstas de una manera especial —contestó—. En vez de azúcar usé jugo de manzana. Cuando las manzanas se cuecen saben a dulce, y la canela les da un sabor picante. También usé harina integral porque es mejor para ustedes.

—Qué rico —dijo Tito al tomar una empanada, y el aroma de manzana picante se elevó hacia él.

The cousins lined up by the door to say goodbye to Tía Sofía.

"Here is some sugar that you all can have," she said. And she gave each of them a kiss on the top of their heads.

Los primos se formaron en la puerta para despedirse de Tía Sofía.

—Hay un tipo de azúcar que sí pueden tener —dijo Tía Sofía. Y les dio un beso a cada uno en la cabeza.

Diane de Anda is the author of five books for young readers featuring Latino families: *The Ice Dove and Other Stories; The Immortal Rooster and Other Stories; Dancing Miranda / Baila, Miranda, Baila; Kikirikí / Quiquiriquí* and *The Monster in the Mattress and Other Stories / El monstruo en el colchón y otros cuentos*, all published by Piñata Books. She is a retired UCLA professor who prepared social workers to help children, teens and their families. She has edited five books and published many journal articles in the field of social welfare as well as short stories and poetry for adults. She lives with her husband Don in Los Angeles in a house filled with furry creatures: four dogs (including a three-legged malamute cancer survivor), three cats and a chinchilla named Diego. They have two sons, Dominic and Daniel.

Diane de Anda es autora de cinco libros juveniles donde figuran familias latinas: *The Ice Dove and Other Stories; The Immortal Rooster and Other Stories; Dancing Miranda / Baila Miranda, Baila; Kikirikí / Quiquiriquí* y *The Monster in the Mattress and Other Stories / El monstruo en el colchón y otros cuentos*, todos publicados por Piñata Books. Diane se jubiló de UCLA donde trabajó como profesora que preparó a trabajadores sociales que ayudaran a niños, jóvenes y a sus familias. Ha editado cinco libros y publicado muchos artículos en el área del bienestar social así como cuentos y poesía para adultos. Vive con su esposo Don en Los Ángeles en una casa llena de criaturas peludas: cuatro perros (incluyendo un malamute de tres patas y sobreviviente del cáncer), tres gatos y una chinchilla llamada Diego. Tienen dos hijos, Dominic y Daniel.

Janet Montecalvo has created illustrations for greeting cards, magazines and children's books. Her first picture book, *Sofie and the City,* was nominated for the Golden Kite Award in 2007. She has also worked as a graphic designer, sign painter and scenic artist for feature films, including *Mermaids* and *Stanley & Iris.* Janet lives outside of Boston with her husband, two sons and Koko the cat.

Janet Montecalvo ha hecho ilustraciones para tarjetas de felicitación, revistas y libros infantiles. Su primer libro infantil, *Sofie and the City,* fue nominado para el premio Golden Kite en el 2007. También se ha desempeñado como diseñadora gráfica, pintora de anuncios y artista de escenografía para películas como *Mermaids* y *Stanley & Iris*. Janet vive en las afueras de Boston con su esposo, dos hijos y el gato Koko.